Los niños pintan

Lada Josefa Kratky

NATIONAL GEOGRAPHIC LEARNING | CENGAGE Learning®

Esta niña pinta. Pinta un
pollito con un moño.

Este niño pinta.

Pinta una araña pequeña.

Esta niña pinta.

Pinta un girasol amarillo.

Este niño pinta.

Pinta una mariposa azul.

Esta niña pinta.

Pinta un sapo verde.

Esta niña pinta.

Pinta un chapulín rojo.

¡Estos niños han pintado
un jardín!